Dragonero

Traducción: Carmen Diana Dearden

Primera edición, 2014

Av. Luis Roche, Edif. Banco del Libro, Altamira Sur.
Caracas 1060, Venezuela

C/ Sant Agustí, 6, bajos, 08012 Barcelona, España

www.ekare.com

Publicado por primera vez en inglés por Andersen Press Limited
Título original: *The Dragonsitter*

ISBN 978-84-942081-8-8
Depósito Legal B.20343.2014

Dragonero

Josh Lacey

Ilustrado por Garry Parsons

Ediciones Ekaré

Querido tío Manuel,

Mejor te subes en un avión y vuelves ya. Tu dragón se ha comido a Gemina.

¡Emiliana amaba a ese conejo!

Sé lo que estás pensando, tío Manuel. Prometimos cuidar a tu dragón por una semana, es verdad, pero nunca nos dijiste que iba a ser así.

Ahora Emiliana está encerrada en su cuarto, llorando tan fuerte que todo el vecindario la puede oír.

Tu dragón está sentado en el sofá, lamiéndose las garras, muy satisfecho de sí mismo.

Si no vienes a recogerlo, mamá va a llamar al zoológico. Dice que no sabe qué otra cosa hacer.

No quiero que el dragón viva entre rejas. Seguro que tú tampoco, pero no puedo detener a mamá. Así que, por favor, ven a buscarlo.

Debo irme; huele a quemado.

Edu

De: Eduardo Pérez Escabeche
Para: Manuel Escabeche
Fecha: domingo 31 de julio
Asunto: TU DRAGÓN

Archivos adjuntos: zapatos hediondos

Querido tío Manuel,

Lamento haberme enojado cuando escribí antes, pero tu dragón es realmente irritante.

Espero que no hayas cambiado tu vuelo. Si lo hiciste, lo puedes volver a cambiar. He persuadido a mamá para que le dé una segunda oportunidad a tu dragón.

Afortunadamente no lo vio persiguiendo a los gatos de la señora Kapelski en el jardín.

Tío M., que lástima que no nos explicaste más sobre tu dragón. Lo dejaste aquí, dijiste que todo estaría bien y te marchaste al aeropuerto en el taxi. Ni siquiera nos dijiste su nombre. Y algunas instrucciones hubiesen sido muy útiles.

Mamá y yo no sabemos nada sobre dragones. Emiliana dice que ella sí sabe, pero es mentira. Solo tiene cinco años y no sabe nada de nada.

Por ejemplo, ¿qué come?

Buscamos en Internet, pero no encontramos nada útil.

Un sitio decía que los dragones solo comen carbón. Otro, que prefieren doncellas en peligro.

Cuando se lo dije a mamá, me respondió:
–Entonces mejor me cuido las espaldas, ¿verdad?

Pero tu dragón no parece tan quisquilloso. Come casi de todo. Conejos, por supuesto, y espaguetis fríos. Y sardinas, y lentejas, y aceitunas, manzanas y cualquier cosa que le ofrezcamos.

Mamá fue al mercado ayer, pero tiene que volver hoy. Generalmente lo que compra nos alcanza para una semana.

También nos habrías podido advertir sobre su caca. ¡Huele horrible! Mamá dice que hasta los cachorros se entrenan para hacer

sus necesidades fuera y este dragón parece viejo, así que ¿por qué hace caca en la alfombra de su cuarto?

Pero entiendo por qué te gusta. Cuando se porta bien es realmente dulce. Tiene una expresión muy amable. Y me gusta el extraño ruido ronco que hace cuando duerme.

¿Estás disfrutando en la playa? ¿Brilla el sol? ¿Estás nadando mucho?

Aquí está lloviendo.

Un abrazo de tu sobrino favorito,

Edu

P. D. Lo que olía a quemado eran las cortinas. Las apagué con una olla llena de agua. Afortunadamente ya se habían secado cuando volvió mamá.

De: Eduardo Pérez Escabeche
Para: Manuel Escabeche
Fecha: lunes 1 de agosto
Asunto: La nevera
Archivos adjuntos: el hueco

Querido tío Manuel,

Ojalá pudiera decirte que todo está mejor con el dragón hoy, pero la verdad es que está peor. Esta mañana bajamos a desayunar y encontramos que había hecho un hueco en la puerta de la nevera.

No sé por qué no la abrió como hacemos nosotros. Se tomó toda la leche y se comió las sobras de coliflor con queso.

Mamá se puso furiosa. Tuve que rogar y rogar y rogar que le diera otra oportunidad.

–Ya le di una última oportunidad –dijo–. ¿Por qué tengo que darle otra?

Prometí ayudar a limpiar cualquier otro desastre. Creo que eso fue lo que la convenció.

Espero que de ahora en adelante vaya al jardín a hacer sus necesidades.

Mamá tiene una factura para ti. Incluye dos compras del mercado y una nevera nueva. Dice que te cobrará la alfombra también si no le puede sacar las manchas.

Ayer te mandé dos correos, ¿los recibiste?

Edu

Quizás vas a tener que cambiar tu vuelo después de todo. Tu dragón volvió a hacer caca dentro de la casa. Esta vez no pudo entrar en el cuarto de mamá porque tiene la puerta cerrada, así que lo hizo frente a la puerta. Le eché cloro, pero de todas maneras dejó una mancha en la alfombra. Espero que mamá no la vea. Si la ve, va a llamar al zoológico inmediatamente. Estoy seguro.

E.

De: Eduardo Pérez Escabeche
Para: Manuel Escabeche
Fecha: martes 2 de agosto
Asunto: Al borde

Archivos adjuntos: yo apagando el fuego

Querido tío Manuel,

¿Qué es estar al borde?

No lo sé, pero así es como está mamá.

Por lo menos eso dice.

Fueron las cortinas.

Mamá las vio anoche. Se puso furiosa, pero logré calmarla. Le dije que le compraría unas nuevas con mi propio dinero.

La verdad es que no tengo dinero, pero prometí empezar a ahorrar inmediatamente.

También le mostré que el hueco realmente es muy pequeño.

Mamá suspiró profundamente, encogió los hombros, se montó en una silla y volteó las cortinas, así que casi no se ve el hueco. Al menos si no lo buscas. ¿Y quién va a echarse en el suelo a buscar huecos en la parte baja de unas cortinas?

Y luego, esta mañana, el dragón volvió a quemarlas. Fue bastante dramático. Toda

la habitación se llenó de humo. Mientras
yo corría de acá para allá con una olla llena
de agua (seis veces), tu dragón estaba muy
tranquilo sentado en el sofá. No esperaba
una disculpa, pero por lo menos podría
haberse avergonzado un poco.

Además, sabe que no tiene permitido
sentarse en el sofá.

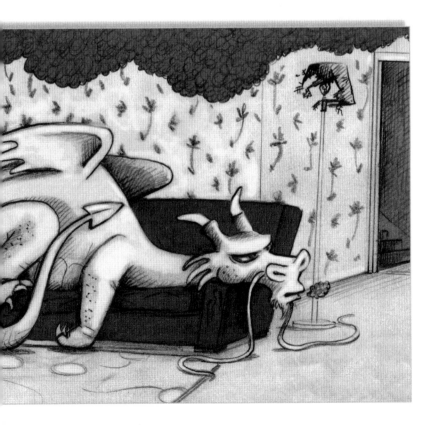

Este es mi quinto correo, tío M., y no me has respondido ninguno. Sé que estás de vacaciones, pero de todas formas, por favor, responde LMPP. Aunque no puedas venir a recoger a tu dragón, nos serían muy útiles algunos consejos sobre cómo cuidarlo.

Eduardo

P. D. Si no sabes qué quiere decir LMPP, significa "lo más pronto posible".

P. D. 2. Tu factura ahora incluye:

3 compras en el mercado
2 cortinas
1 nevera
1 conejo
1 alfombra nueva (mamá vio la mancha)

De: Eduardo Pérez Escabeche

Para: Manuel Escabeche

Fecha: martes 2 de agosto

Asunto: ¡¿DÓNDE ANDAS?!

Archivos adjuntos: mamá arrasando

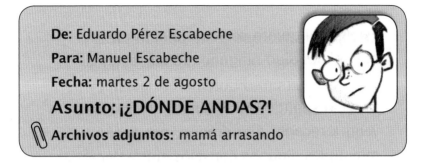

Querido tío Manuel,

Mamá llamó a tu hotel. Dicen que no llegaste. Dicen que cancelaste tu reserva y le dieron la habitación a otra persona.

Así que, ¿dónde andas?

Mamá dice que nos has estado mintiendo. Dice que siempre has mentido, desde que eras un niño, y que ella es una tonta por pensar que habías cambiado.

No sé qué decir, tío Manuel. Estaba seguro de que no nos habías mentido. No creo que seas un mentiroso, pero si no estás en el Hotel Espléndido, ¿por qué nos diste ese número? ¿Dónde te estás quedando?

Le dije a mamá que te ha podido pasar cualquier cosa. Quizá te golpeaste en la cabeza y no sabes quién eres. Quizá estás en el hospital, todo vendado, y nadie sabe a quién llamar. Quizá te secuestraron. Siempre hablas de tus enemigos. ¿Necesitas que paguemos un rescate? Espero que no, porque la factura que le debes a mamá ya es enorme.

Mamá no cree que te hayan secuestrado. Ni que te hayas dado un golpe en la cabeza. Dice que solo eres un cerdo egoísta y que siempre lo has sido, y que una vez que recojas a tu dragón no quiere volver a verte nunca más.

Seguro que eso no lo dice en serio, tío M.

Las hermanas menores siempre dicen cosas así. Emiliana también lo hace y al día siguiente se le ha olvidado lo que dijo.

Quizás a mamá le pasa lo mismo.

Pero de todas maneras creo que la debes llamar LMPP.

Edu

Querido tío Manuel,

Mamá va a llamar al zoológico. Les va a pedir que se lleven al dragón.

Traté de persuadirla para que no lo hiciera, pero dijo que era el dragón o ella.

Le dije que en el zoo probablemente no la querrían a ella.

Me dijo que mucho cuidado porque estaba patinando sobre hielo quebradizo.

No sé qué quiso decir, pero no quise preguntar. Tenía esa expresión en la cara, ¿sabes la que digo? Esa que dice "mejor te apartas de mi camino".

Así que me aparté.

Querido tío Manuel,

Los del zoo no vienen. Creyeron que era una broma.

Cuando se dieron cuenta de que no lo era, creyeron que mamá estaba loca.

Finalmente le colgaron el teléfono.

Así que llamó a la Sociedad Protectora de Animales, pero tampoco ellos le creyeron.

Dijeron que los dragones no existen.

Mamá dijo: "Vengan si quieren ver a uno".

Ahí fue cuando le colgaron el teléfono.

Ahora mamá no sabe qué hacer. Amenaza con echar al dragón a la calle.

Le dije que no puede dejar a un dragón
indefenso en la calle donde cualquier cosa
le puede pasar.

–Tengo que hacer algo –dijo–, o de verdad me voy a volver loca. ¿Qué pasa si muerde a un vecino? ¿Qué pasa si se come a uno de los gemelos?

Es verdad. Los podría sacar de su cochecito fácilmente. Viven enfrente y solo tienen ocho meses. Con dientes como esos se los podría comer en un minuto. Sé que dijiste que nunca le haría daño a otra criatura, pero no es verdad. Se comió a Gemina.

Tío M., te he escrito como diez mensajes, ¿podrías responder, por favor?

Edu

De: Eduardo Pérez Escabeche

Para: Manuel Escabeche

Fecha: miércoles 3 de agosto

Asunto: Berta

Archivos adjuntos: ataque de gatos; Mamá hablando

Querido tío Manuel,

No vas a creer lo que pasó ahora. El dragón atacó a los gatos de la señora Kapelski otra vez. Ahora el jardín está lleno de humo y las petunias, chamuscadas.

Es culpa de ellos, supongo, porque saben que no deben meterse en nuestro jardín. Pero se metieron de todas maneras. Siempre lo hacen. No vieron a tu dragón dormitando en el patio. Estaban rascándose en la hierba cuando el dragón se despertó y los atacó.

Tigre escapó sin problema, pero el dragón agarró la cola de Berta.

Lo vi todo desde el ventanal. Intenté golpear en el vidrio para que desistiera, pero no me hizo caso.

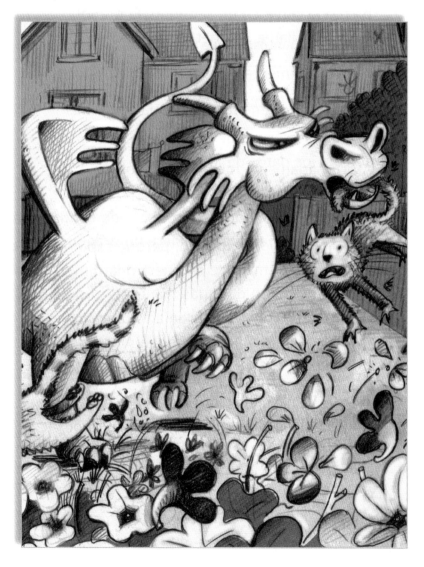

Por fin Berta se dio la vuelta y lo arañó en la nariz. El dragón no se esperaba eso. Se sorprendió tanto que abrió la boca y Berta brincó la cerca en un segundo. El dragón lanzó una llamarada detrás de ella.

Afortunadamente no la alcanzó.

Desafortunadamente alcanzó las petunias de mamá.

Afortunadamente mamá no vio lo que pasó. Estaba hablando con la tienda de animales. Ha estado llamando a todo el que se le ocurre, pero nadie quiere un dragón.

Ahora está sentada en la mesa de la cocina con las manos en la cabeza. Ya no tiene a quién llamar. Todavía no le he contado lo de las petunias, pero las va a ver pronto y entonces no sé qué va a pasar.

Honestamente, tío M., estoy un poco preocupado por ella. Le pregunté si podíamos arreglar la nevera y me dijo: –¿Para qué? El dragón simplemente le abrirá otro hueco.

Supongo que tiene razón, pero de todas maneras sería bueno tener un lugar para guardar la leche.

Edu

P. D. Te alegrará saber que Berta está bien. Todavía tiene su cola entera.

P. D. 2. Tu dragón ha pasado el resto de la mañana sacándose pelos de los dientes. No creo que vuelva a atacar a más gatos pronto.

De: Eduardo Pérez Escabeche
Para: Manuel Escabeche
Fecha: jueves 4 de agosto
Asunto: ¡¡POR FAVOR, LEE ESTO!!
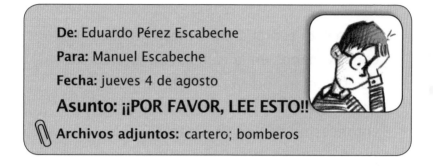
Archivos adjuntos: cartero; bomberos

Querido tío Manuel,

No sé por qué te escribo. No has contestado ninguno de mis correos. Quizá es que tengo tu dirección equivocada, así como mamá tenía el hotel equivocado. Pero tengo que contarle a alguien lo que está pasando y no se me ocurre nadie más.

Hoy ha sido el peor día hasta ahora. Tu dragón incendió al cartero.

Para ser justo con el dragón, creo que no lo hizo a propósito. Creo que se asustó con las cartas que metió por el buzón de la puerta. Les echó fuego y el fuego salió por el otro lado e incendió la manga del cartero.

Afortunadamente al cartero no le pasó
nada. Mamá apagó las llamas con una
cobija. Pero va a necesitar un uniforme
nuevo y dijo que nos lo cobraría.

Tuvimos que dar muchas explicaciones.
Había un camión de bomberos estacionado
frente a la casa y cuatro bomberos en
el jardín esperando para revisar nuestra
alarma contra incendios.

Mamá les contó del dragón y los invitó a verlo.

Los bomberos se miraron entre ellos y se alejaron del jardín.

Cuando se fueron, el cartero dijo que nos iba a demandar. Dijo que nos denunciaría a la policía. Dijo que nunca más en la vida recibiríamos más cartas. Dijo un montón de otras cosas que no pude escuchar porque mamá puso sus manos sobre mis orejas.

Ahora mamá está metida en su cama. Dijo que bajaría a hacer la cena, pero no sé si lo hará.

El dragón está echado en el sofá. Le dije que debería estar avergonzado, pero no parece estarlo en absoluto.

Tampoco se sale del sofá. Ni siquiera cuando le grito. Y sabe muy bien que no debe subirse allí.

Edu

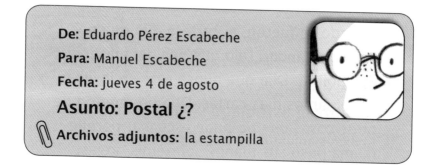

De: Eduardo Pérez Escabeche

Para: Manuel Escabeche

Fecha: jueves 4 de agosto

Asunto: Postal ¿?

Archivos adjuntos: la estampilla

Querido tío M.,

Acabo de revisar lo que queda de nuestras cartas y encontré una postal con una estampilla extranjera. Desafortunadamente no quedaba nada más, solo la esquina con la estampilla, pero creo que la foto era de una playa. ¿La enviaste tú? Si lo hiciste, es muy amable de tu parte, pero sería aún mejor que contestaras mis correos.

E.

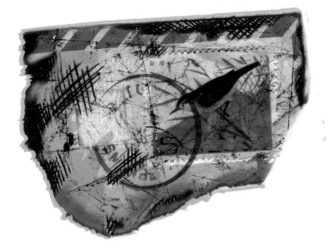

De: Eduardo Pérez Escabeche

Para: Manuel Escabeche

Fecha: viernes 5 de agosto

Asunto: El estomago vacío

Archivos adjuntos: el dragón en la cocina

Querido tío Manuel,

Ya estoy al borde ese del que hablaba mamá.

Ayer creía que las cosas no se podían poner peor. Pero se acaban de poner.

Mamá está en su cama otra vez. Dice que no se levantará hasta que se vaya el dragón. Le dije que probablemente no sería antes de tres días, y entonces me dijo: "Pues voy a pasar mucho tiempo en la cama. Mejor me buscas unos buenos libros".

Emiliana y yo no hemos desayunado y parece que no vamos a almorzar tampoco.

Tu dragón está en la cocina. La puerta está cerrada. No me deja entrar. Acabo de intentarlo, pero me sopló un hilo de fuego. Al ver sus ojos

me di cuenta de que era una advertencia.
No soy un cobarde, tío M., pero tampoco
soy estúpido. Salí corriendo y tiré la puerta.

Esperé unos minutos, luego me asomé
por el ojo de la cerradura y vi lo que había
hecho.

Registró toda la despensa, partió los
estantes y despedazó toda la comida.
Rasgó los paquetes y mordió las latas. Hay
arroz y lentejas y espaguetis regados por el
suelo de la cocina.

Tío Manuel, ¿qué se supone que debo
hacer?

Eduardo

¿Has probado chocolate?

De: Eduardo Pérez Escabeche
Para: Manuel Escabeche
Fecha: viernes 5 de agosto
Asunto: Re: Chocolate

¿Cómo que si he probado chocolate? ¡Claro que lo he probado! Me encanta el chocolate.

No quiero ser maleducado, tío Manuel, pero empiezo a pensar que puede que mamá tenga razón sobre ti. Te he estado mandando correos por casi una semana entera y rogándote que contestes y, cuando por fin lo haces, me preguntas si alguna vez he probado chocolate.

¿Será que de verdad te golpeaste en la cabeza?

¿Te golpeaste?

Si no lo has hecho, ¿por qué no has contestado mis otros correos? ¿Dónde has estado? ¿Y cuándo vienes a buscar a tu dragón?

Eduardo

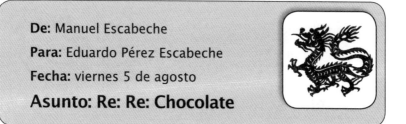

Quiero decir, ¿has intentado darle chocolate al dragón?

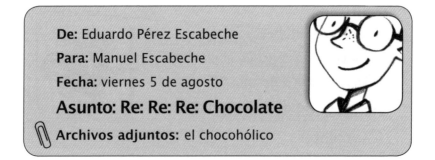

De: Eduardo Pérez Escabeche
Para: Manuel Escabeche
Fecha: viernes 5 de agosto
Asunto: Re: Re: Re: Chocolate
Archivos adjuntos: el chocohólico

¡¡¡Funciona!!!

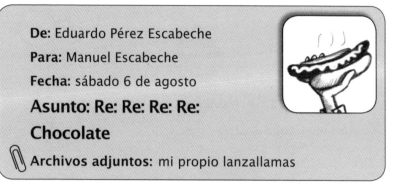

De: Eduardo Pérez Escabeche

Para: Manuel Escabeche

Fecha: sábado 6 de agosto

Asunto: Re: Re: Re: Re: Chocolate

Archivos adjuntos: mi propio lanzallamas

Querido tío Manuel,

Siento no haber escrito antes para contarte lo que ha pasado, pero he estado muy ocupado dándole al dragón todo el chocolate que hay en la casa, luego yendo al mercado a comprar más.

El dragón es una criatura nueva.

Mamá dice que se porta como un angelito, y es verdad. Ya no nos roba la comida. Hace caca en el jardín. Ni siquiera se sienta en el sofá. Bueno, eso no es enteramente cierto, pero se baja cuando uno se lo pide.

Esta noche hicimos una parrilla en el jardín. Tu dragón la prendió.

Después se comió seis salchichas, tres chuletas y nueve plátanos asados. Afortunadamente mamá acababa de ir al mercado, así que había suficiente para todos.

En estos momentos tu dragón está echado en el suelo mirándome con sus grandes ojos. Sé que no debo darle más chocolate. No quiero que engorde. Solo le voy a dar un último pedazo y luego será hora de dormir.

Edu

Querido tío Manuel,

Pensé que querrías saber que tu dragón ya se ha comido:

12 tabletas de chocolate con leche
14 tabletas de chocolate oscuro
6 galletas
1 chocolate de almendras
y 23 bolsitas de bombones

El dueño de la tienda empieza a mirarme de forma rara.

Creía que a mamá no le iba a gustar comprar tanto chocolate, pero dijo:
–Si él está contento, yo estoy contenta.

Él está contento. Muy contento.

Hasta Emiliana lo ha perdonado. Parece que ya se le olvidó lo de Gemina. Creo que prefiere tener a tu dragón de mascota.

Lo llama Bizcochito.

Le he dicho varias veces que Bizcochito no es un nombre apropiado para un dragón, pero no me hace caso.

¿Tiene nombre?

Si no tiene, sugiero Desolación o Lamefuego. O algo así.

Pero Bizcochito no.

Espero que estés disfrutando de las últimas horas de tus vacaciones y recibiendo un poco más de sol y nadando. Aquí llueve.

Nos vemos mañana. ¡No pierdas tu vuelo!

Abrazo,

Edu

De: Manuel Escabeche

Para: Eduardo Pérez Escabeche

Fecha: sábado 6 de agosto

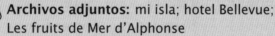

Asunto: Re: Re: Re: Re: Re: Re: Chocolate

Archivos adjuntos: mi isla; hotel Bellevue; Les fruits de Mer d'Alphonse

Hola, Edu,

Me alegra saber que mi consejo sobre el chocolate funcionó. Siempre funciona con dragones, hasta con los más grandes. Me acuerdo cuando hice una excursión por las montañas de Mongolia con una mochila llena de chocolate con nueces. Sin eso, no estaría aquí ahora. Le di todo al dragón más enorme que he visto en mi vida, un tipo malhumorado con dientes tan grandes como mi mano y horrible aliento.

Te contaré todo el cuento cuando te vea, pero ahora no tengo tiempo. Estoy en el aeropuerto y mi vuelo sale pronto. Pero

quería escribirte para decirte que lamento
mucho no haber leído tus mensajes esta
semana. He podido revisar mis correos
en el hotel, pero decidí desconectar
para gozar de mis vacaciones. Fue
una tontería por mi parte, lo sé, y te
pido disculpas. Ayer revisé mis correos
porque oí un rumor de que había habido
inundaciones terribles en Colina Abajo,
el pueblo frente a mi isla. Tengo buenos
amigos allí y quería estar seguro de que
estuvieran bien. (Te gustará saber que las
inundaciones fueron en Cima Arriba, que
es un lugar distinto).

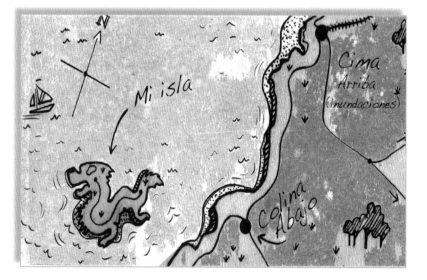

Lamento mucho que mi dragoncito se haya estado portando tan mal. ¿No sirvieron mis instrucciones? Estaba seguro de que había incluido lo del chocolate.

Por favor, excúsame con tu mamá sobre la confusión del hotel. Me iba a quedar en el Hotel Espléndido y por eso tu mamá tenía su dirección y teléfono, pero al llegar descubrí que su famoso chef Alfonso Frutilla se había peleado con el dueño y se había ido a otro hotel en la costa. Así que me mudé allá yo también. Y me alegro. Sus platos son aún más espectaculares de lo que recordaba.

Por alguna razón, no tengo el correo de tu mamá y por eso te lo envío a ti. Por favor, dale mis excusas. Le llevo un enorme pedazo de queso roquefort de regalo. Sé que le gusta mucho el queso.

Están llamando a abordar mi vuelo. Mejor me voy. Nos vemos pronto.

Muchos abrazos de tu tío avergonzado, que te quiere,

Manuel

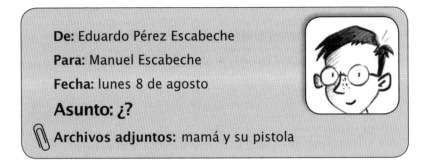

De: Eduardo Pérez Escabeche

Para: Manuel Escabeche

Fecha: lunes 8 de agosto

Asunto: ¿?

Archivos adjuntos: mamá y su pistola

Querido tío Manuel,

Espero que hayas tenido un buen viaje de vuelta a casa. ¿Cómo se portó el dragón en el tren?

Mamá ya colgó las cortinas nuevas y encargó una nevera en la tienda. Dice que nunca le gustaron las petunias y ha decidido sembrar rosas en su lugar. Va a usar el resto de tu dinero para comprar alfombras nuevas para la casa.

Le encanta el queso que trajiste, por cierto.

A mí no. Huele horrible. Lamento decirlo, pero es verdad.

Emiliana te da las gracias por el monito. Dice que es casi tan bueno como Gemina.

57

Yo creo que es mejor. Por lo menos no hay que darle de comer. Y puede dormir con ella en su cama en vez de en la jaula en el jardín.

Y muchas gracias por los libros. Serán muy útiles si algún día aprendo francés.

¿Recuerdas lo de tu lista de instrucciones? Mamá finalmente la encontró detrás del cojín del sofá. Ya las leímos. Y sí. Explicabas lo del chocolate y un montón de cosas útiles. ¡Lástima que no las encontráramos antes!

Mamá dice que seguro que las pusiste ahí cuando viniste a recoger al dragón, pero yo le dije que no fuera tan boba.

Los gatos de la señora Kapelski han vuelto a meterse en el jardín. Mamá los ahuyentó con la manguera. La oí decir: "Ojalá que ese dragón todavía estuviera aquí". Después me miró rápidamente y dijo: "No, mejor no".

Pero yo creo que sí le gustaría tenerlo.

A mí también.

Fue muy difícil, pero también nos divertimos.

Espero que estés bien de vuelta en tu isla.

Por cierto, cuando dije que me gustaría visitarte, era en serio.

¿Le puedes mandar una invitación oficial a mamá? Si no, no me va a dejar ir.

Emiliana también quiere ir, pero le dije que es muy pequeña. Sí lo es, ¿verdad?

Se puede caer por un barranco o algo similar.

Muchos abrazos de tu sobrino favorito,

Edu

P. D. Por favor, dale un bombón a Ziggy de mi parte.

Otros títulos
de esta serie:

Dragonero despega

El castillo de Dragonero